ALBERTO RODRIGUES
DA TERRA

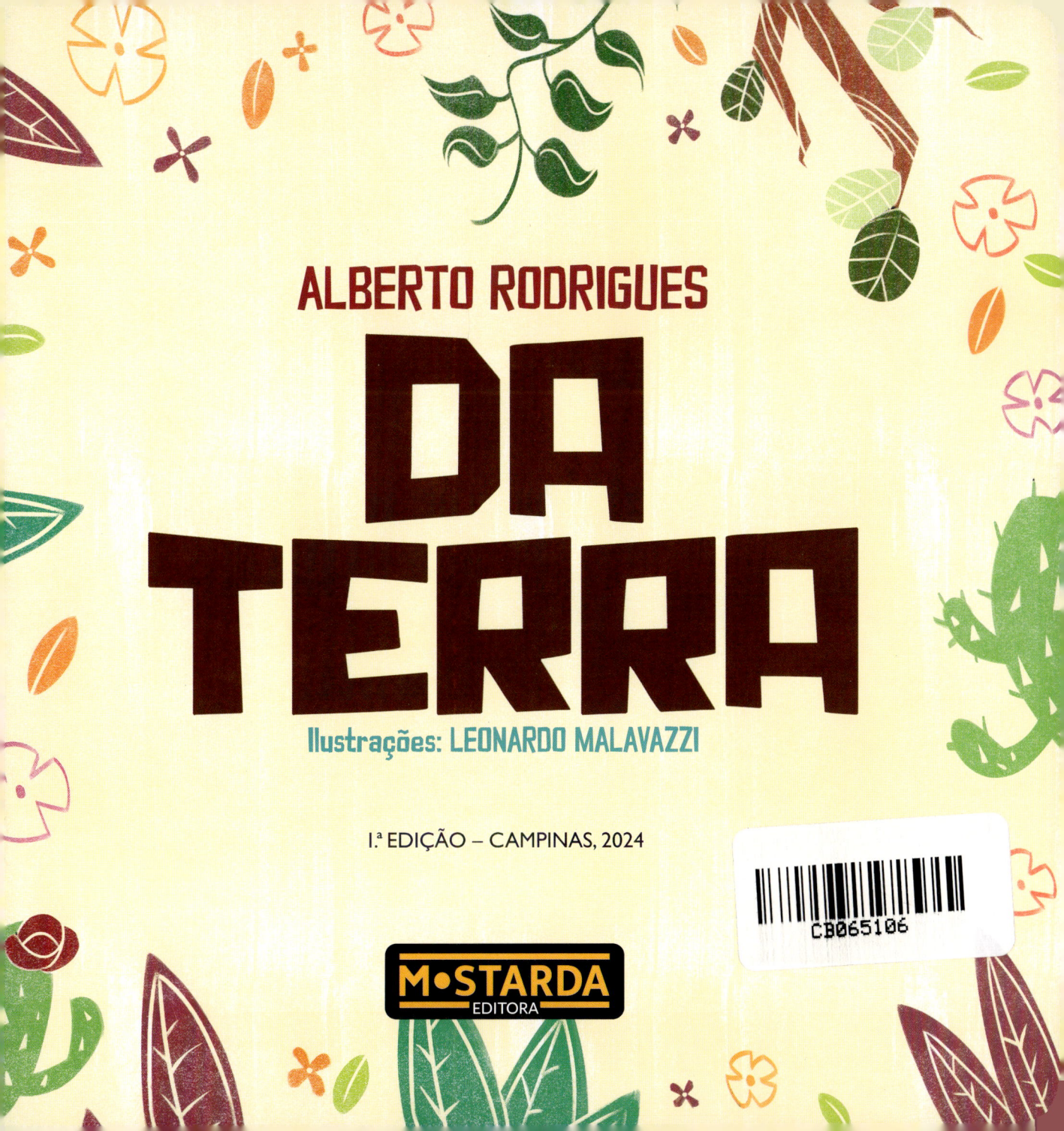

Ilustrações: LEONARDO MALAVAZZI

1.ª EDIÇÃO – CAMPINAS, 2024

M•STARDA EDITORA

EDITORA MOSTARDA

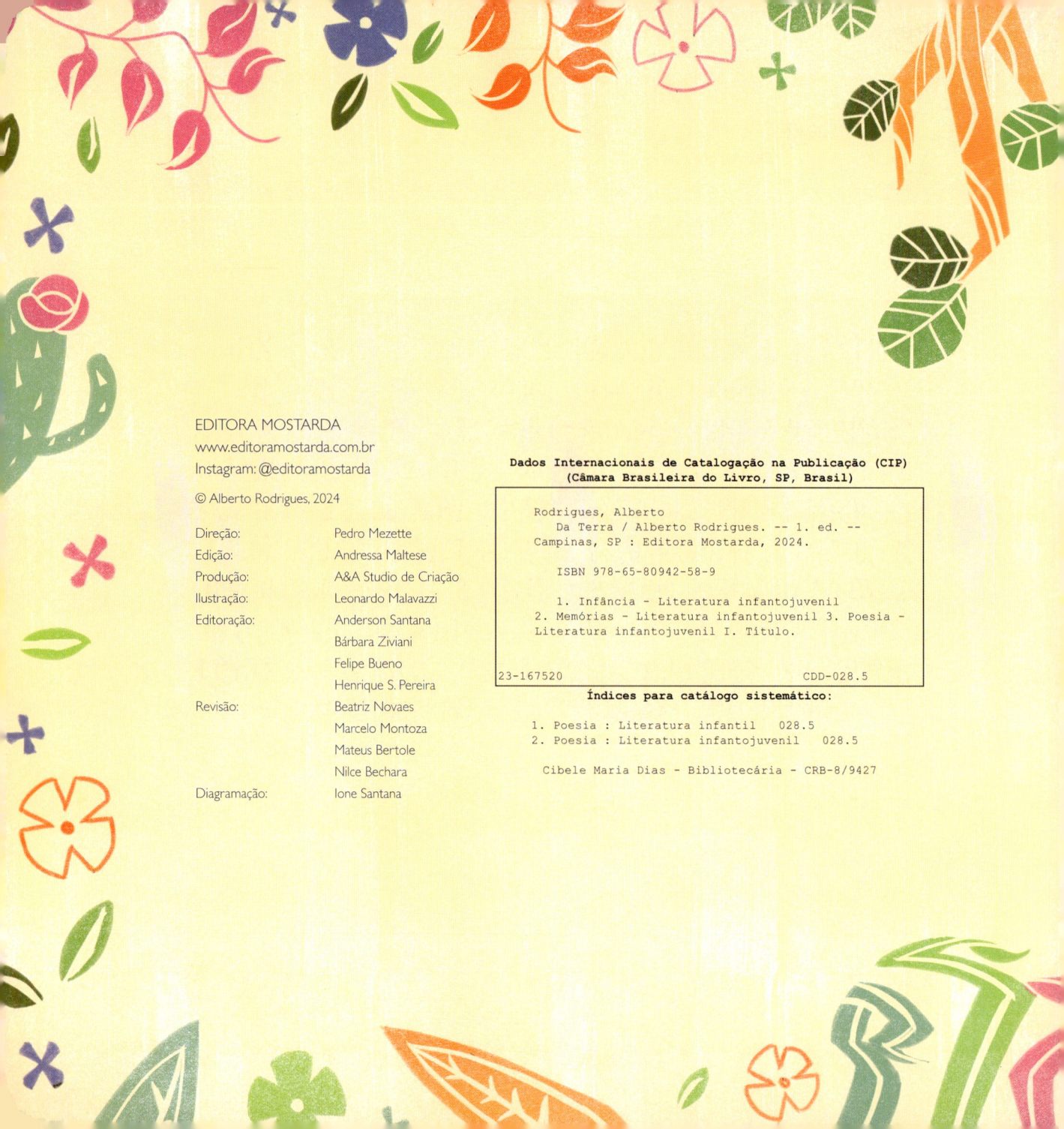

www.editoramostarda.com.br

Instagram: @editoramostarda

© Alberto Rodrigues, 2024

Direção:	Pedro Mezette
Edição:	Andressa Maltese
Produção:	A&A Studio de Criação
Ilustração:	Leonardo Malavazzi
Editoração:	Anderson Santana
	Bárbara Ziviani
	Felipe Bueno
	Henrique S. Pereira
Revisão:	Beatriz Novaes
	Marcelo Montoza
	Mateus Bertole
	Nilce Bechara
Diagramação:	Ione Santana

Dados Internacionais de Catalogação na Publicação (CIP)
(Câmara Brasileira do Livro, SP, Brasil)

Rodrigues, Alberto
 Da Terra / Alberto Rodrigues. -- 1. ed. --
Campinas, SP : Editora Mostarda, 2024.

 ISBN 978-65-80942-58-9

 1. Infância - Literatura infantojuvenil
2. Memórias - Literatura infantojuvenil 3. Poesia -
Literatura infantojuvenil I. Título.

23-167520   CDD-028.5

Índices para catálogo sistemático:

1. Poesia : Literatura infantil   028.5
2. Poesia : Literatura infantojuvenil   028.5

Cibele Maria Dias - Bibliotecária - CRB-8/9427

OLÁ! VOU COMEÇAR CONTANDO UM SEGREDO PRA VOCÊ: MEU NOME É RAIMUNDO ALBERTO. TODOS NA MINHA FAMÍLIA ME CHAMAM DE RAIMUNDINHO. NA MINHA TERRA, TODA FAMÍLIA TEM UM RAIMUNDINHO OU UMA RAIMUNDINHA. COISAS DE SÃO LUÍS DO MARANHÃO. FALANDO DA MINHA TERRA, TENHO BOAS LEMBRANÇAS DE QUANDO EU ERA CRIANÇA E VIVIA LÁ. TUDO O QUE SOU HOJE É FRUTO DA NATUREZA. SUBIR NAS ÁRVORES, TOMAR BANHO DE RIO, COMER FRUTA DO PÉ, BRINCAR NA TERRA E OUTRAS VIVÊNCIAS ME POSSIBILITARAM SER UMA CRIANÇA FELIZ E UM ADULTO CRIATIVO E AFETUOSO. TENHO TANTAS LEMBRANÇAS BOAS...

BRINCANDO NA TERRA

Ah! As artes da minha mãe,
suas xícaras de argila,
herança indígena e quilombola.
Modelando o barro vermelho,
deixando marquinhas de dedo,
alisava por horas e horas.

Lembro também a poeira
do ônibus indo embora.
Eu debruçado na janela,
e a esperança na voz dela:
"Eu volto para te buscar...
Mamãe te ama! Nada de malcriação!".

Pela janela era só poeira,
às vezes só estrada de chão...
E nessa viagem percebi:
somos da terra, feitos da natureza,
como se dedos nos moldassem
com afeto e beleza.

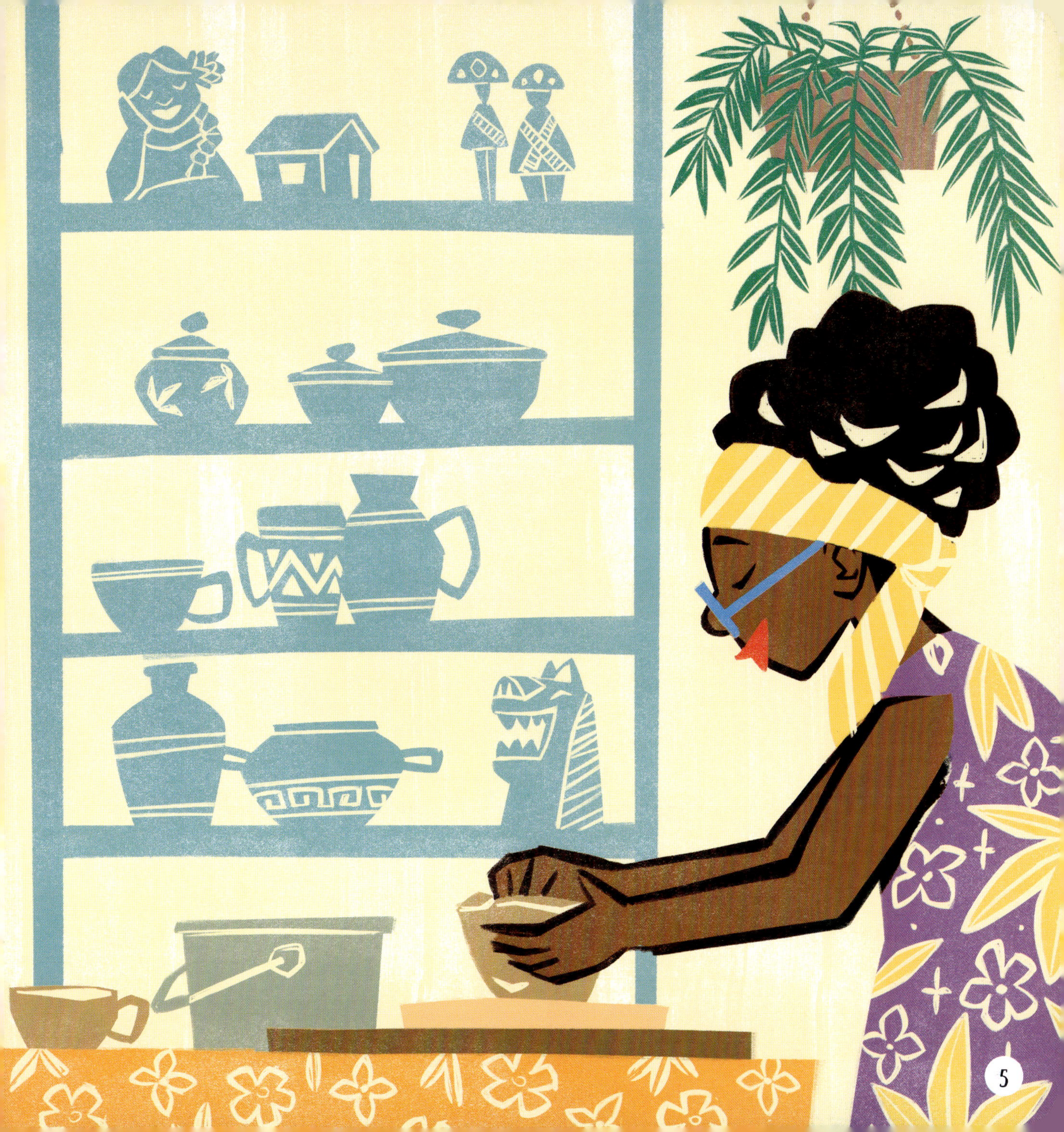

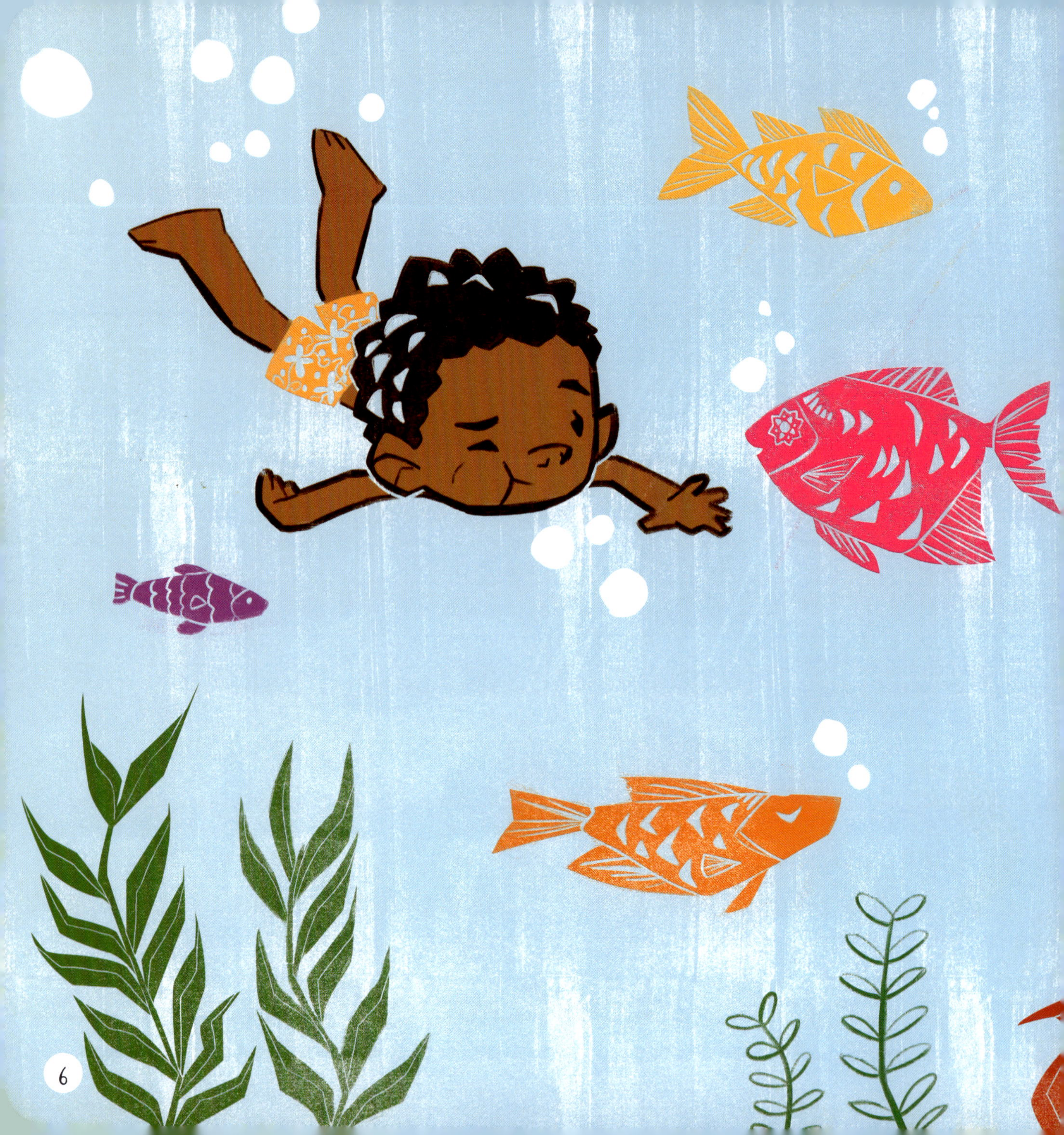

ENCONTROS DAS ÁGUAS

Aos cinco anos,
cheio de medo,
fui sem saber o que iria encontrar,
mas com vontade de me aventurar.

Quando me dei conta, estava lá,
diante daquela imensidão...
Ouvia os gritos:
"Vem logo, pequeno! Fica pra trás, não!".

Então mergulhei
e naquelas águas me apavorei.
Com sua doce voz me guiou
pelo rio e além.

Só depois de anos entendi
os encantos que a mãe natureza tem!

DOCE DE CAJU

DE "BUMBA MEU BOI" EU BRINCAVA
E SEM PRESSA ME AVENTURAVA
PELAS TRILHAS DAS PLANTAÇÕES.

NUMA DESSAS TRAQUINAGENS,
UM CHEIRINHO ME ENCANTOU,
ME FEZ SONHAR E ME CONQUISTOU.

TODOS OS DIAS, EU SEGUIA AQUELE CHEIRINHO
QUE TINHA UM DOCE GOSTINHO...
ERA DOCE DE CAJU!

NINGUÉM SABIA O PARADEIRO
DO CHEIRO DIVINO QUE VINHA COM O VENTO.
DIZIAM QUE VINHA LÁ DO CONVENTO.

NA VERDADE, NUNCA O ENCONTREI...
SE TORNOU O TESOURO PERDIDO
DAS MINHAS BRINCADEIRAS DE MENINO.

9

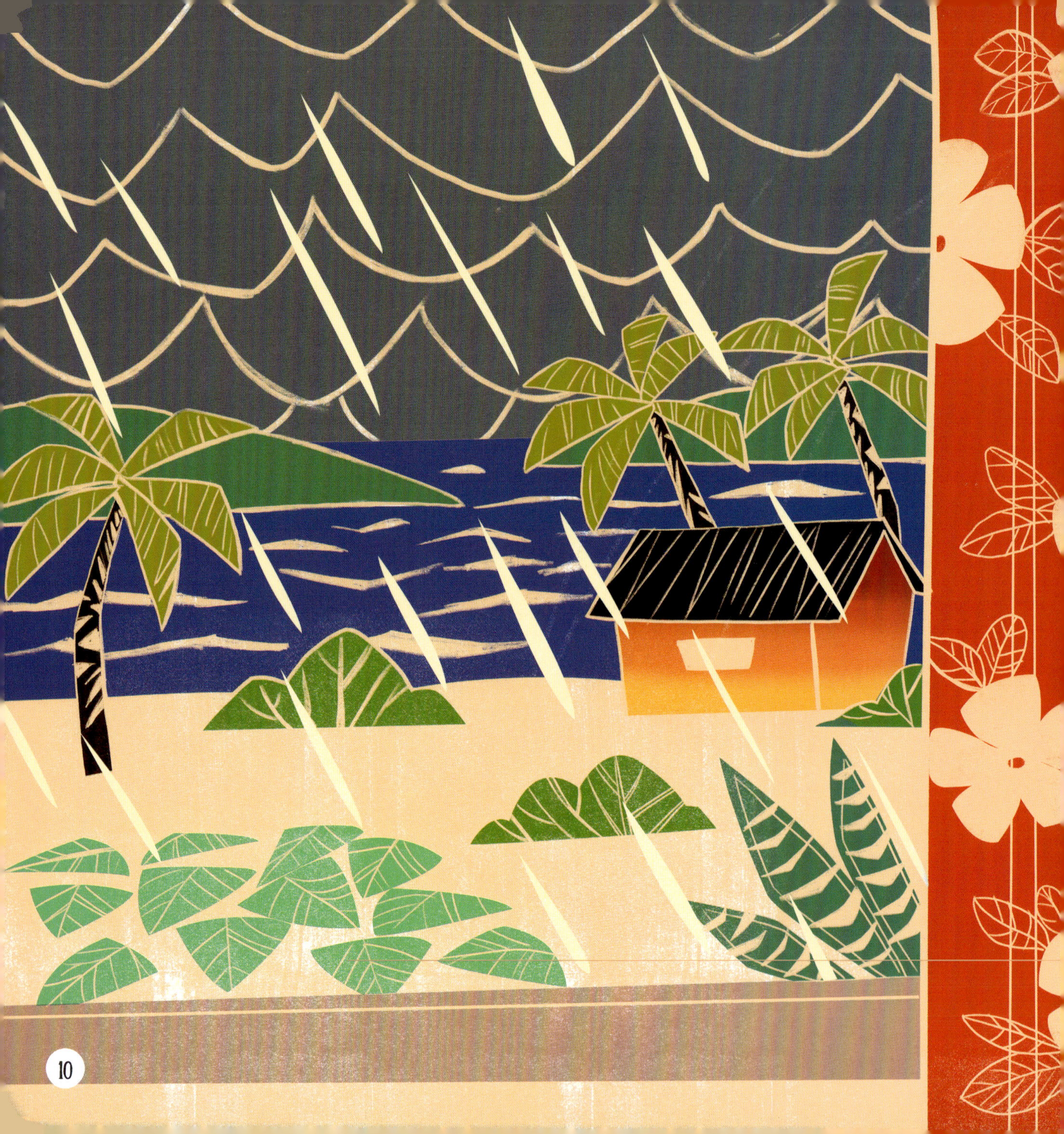

MANHÃS DE PINGOS

Na minha terra todos os dias são bons.
O sol, a chuva e os sons...
Mesmo quando não para de pingar,
as crianças sempre querem brincar.

Fico pensando
se a chuva que cai lá
é a mesma que cai aqui.

Nas manhãs de pingos d'água,
já acordava sorrindo,
sentindo o cheirinho,
de chá de capim-limão.
Hummm! Aquecia o coração.

SEMENTE

PERTENCER É SE VER.
RECONHECER O VESTIR, O FALAR E O ANDAR.
É OLHAR AO REDOR E PENSAR:
"AQUI É MEU CANTINHO. EU PERTENÇO A ESTE LUGAR!".

REVIVER AS LEMBRANÇAS DO CÉU DAS PIPAS,
DAS VIELAS DAS BOLINHAS DE GUDE,
DAS CASINHAS ENFEITADAS COM NAMORADEIRAS,
DO "BOM DIA, SENHORA",
DO "PEQUENO, CORRE CÁ!",
DE CADA CARINHO,
DE CADA OLHAR.

PERTENCER É SE VER SEMENTE,
É FLORESCER E FRUTIFICAR.

13

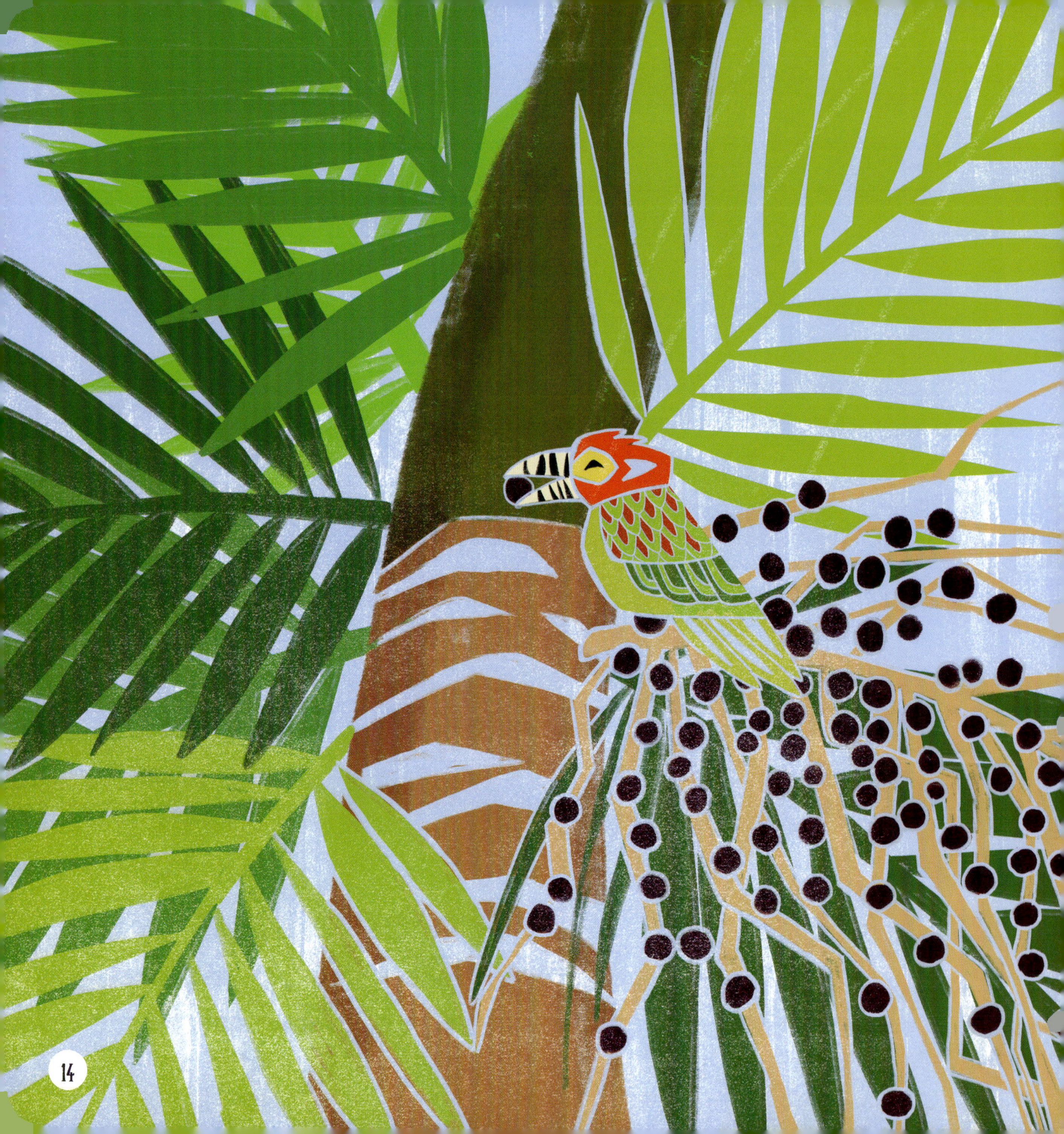

A FRUTINHA JUÇARA

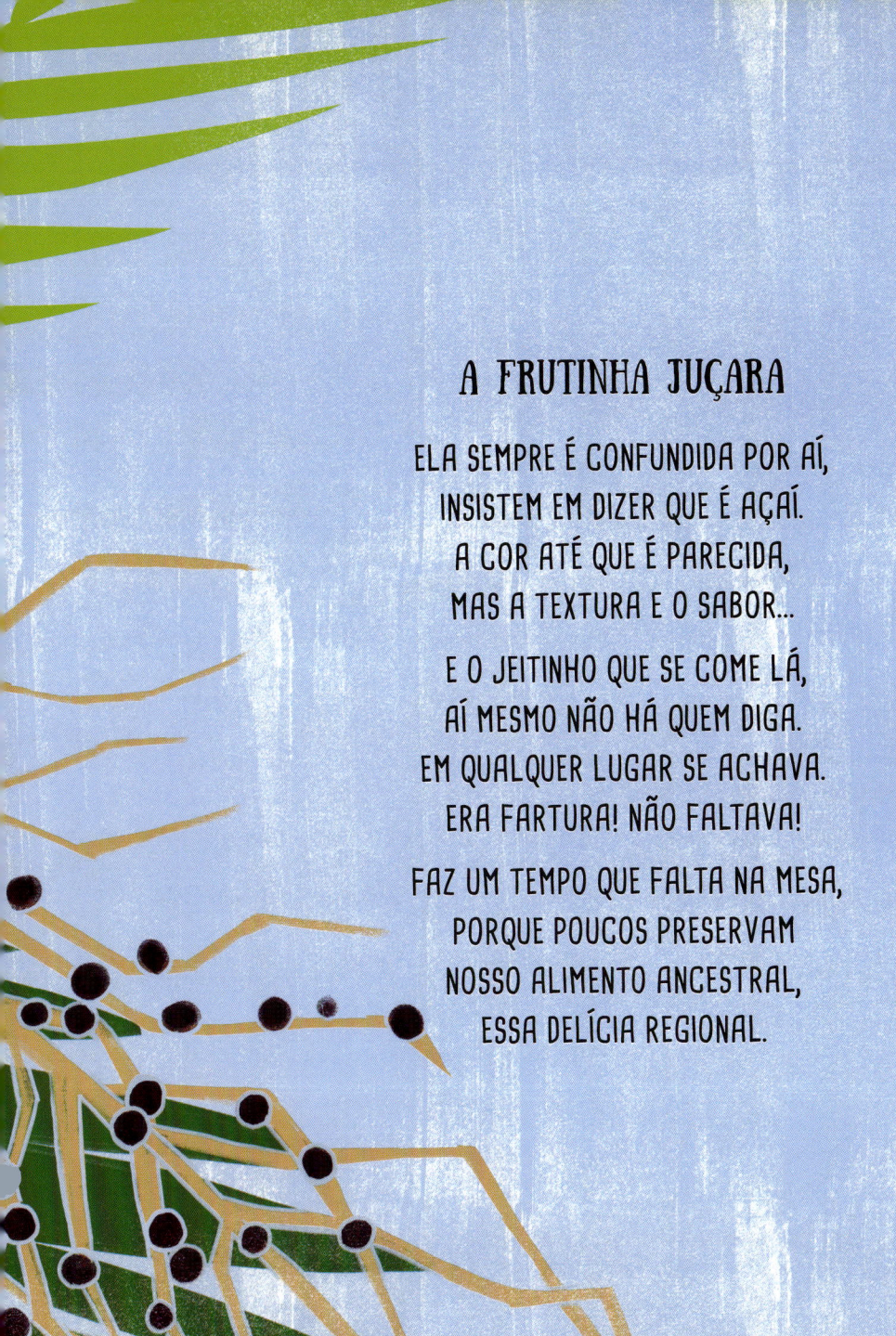

ELA SEMPRE É CONFUNDIDA POR AÍ,
INSISTEM EM DIZER QUE É AÇAÍ.
A COR ATÉ QUE É PARECIDA,
MAS A TEXTURA E O SABOR...

E O JEITINHO QUE SE COME LÁ,
AÍ MESMO NÃO HÁ QUEM DIGA.
EM QUALQUER LUGAR SE ACHAVA.
ERA FARTURA! NÃO FALTAVA!

FAZ UM TEMPO QUE FALTA NA MESA,
PORQUE POUCOS PRESERVAM
NOSSO ALIMENTO ANCESTRAL,
ESSA DELÍCIA REGIONAL.

DO CORAÇÃO

Lembro-me de uma mulher de fé,
cabocla, dona Maria José,
conhecedora de ervas,
simples, trabalhadeira.
Eita, mulher guerreira!

Certo dia, apareceu na feira
uma menina com olhos de fome,
sem eira nem beira...
Dona Maria acolheu a menina,
deu a ela de comer
e também um novo nome.

Na casa dela nunca faltava esperança,
juçara com farinha d'água,
angu, chá de capim-limão
e filhos e filhas do coração.

17

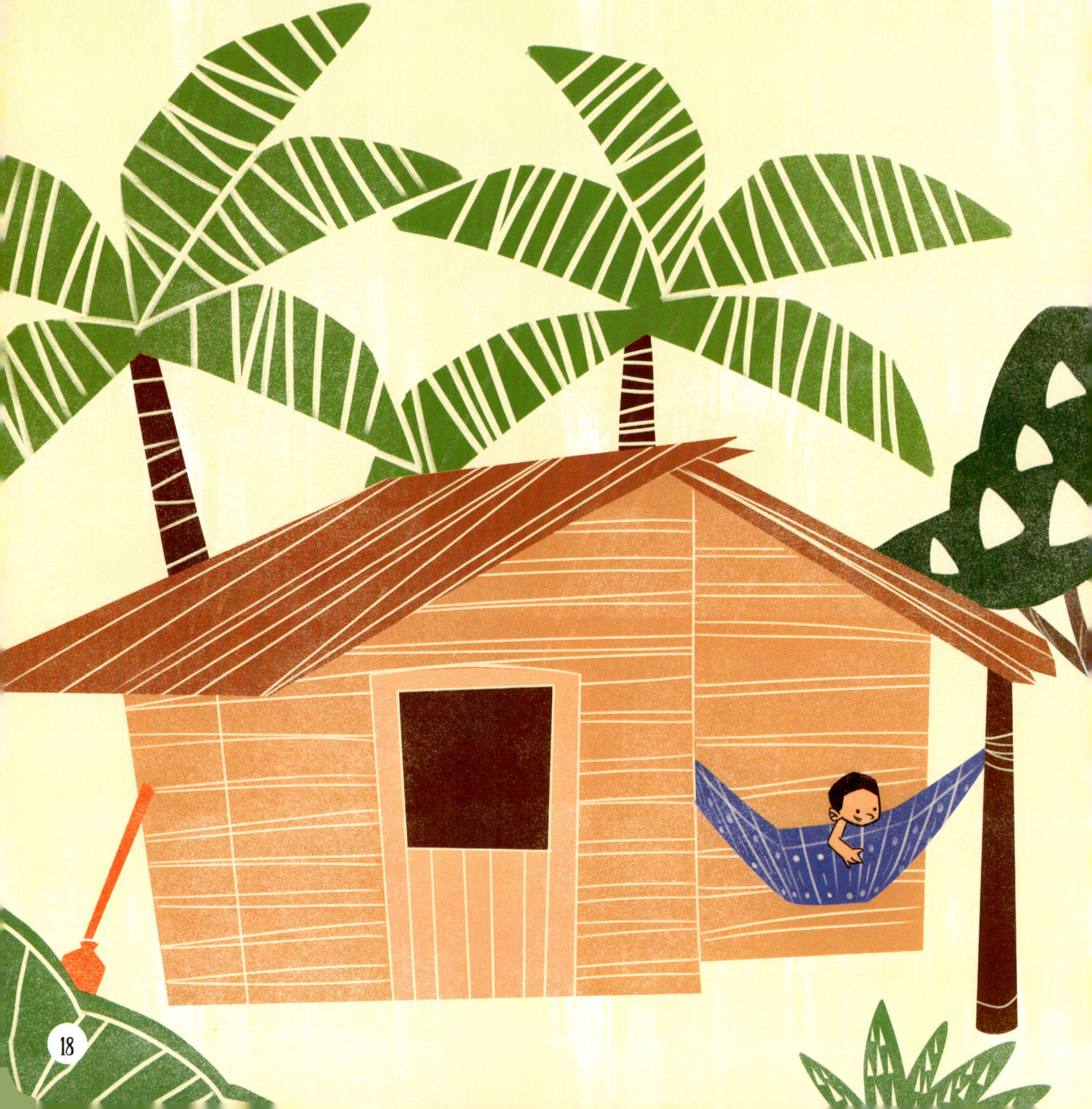

CASINHA DE BARRO

O BARRO ESTÁ SEMPRE PRESENTE
NA VIDA DO MEU POVO.
COM ESFORÇO E AFETO,
TODOS SE JUNTAM PARA DAR MORADA E REPOUSO.

UNS TRAZEM MADEIRA E BAMBU,
OUTROS PREPARAM O BARRO.
DESSA MISTURA SE FORMA O LAR
DE UMA MÃE COM CINCO FILHOS PRA CRIAR.

NA CASINHA DE PAU A PIQUE,
O SOL TAMBÉM FAZ SEU TRABALHO.
E AQUILO QUE CEDINHO COMEÇOU
O SONHO DE MINHA MARIA REALIZOU:

SUA CASINHA DE BARRO.

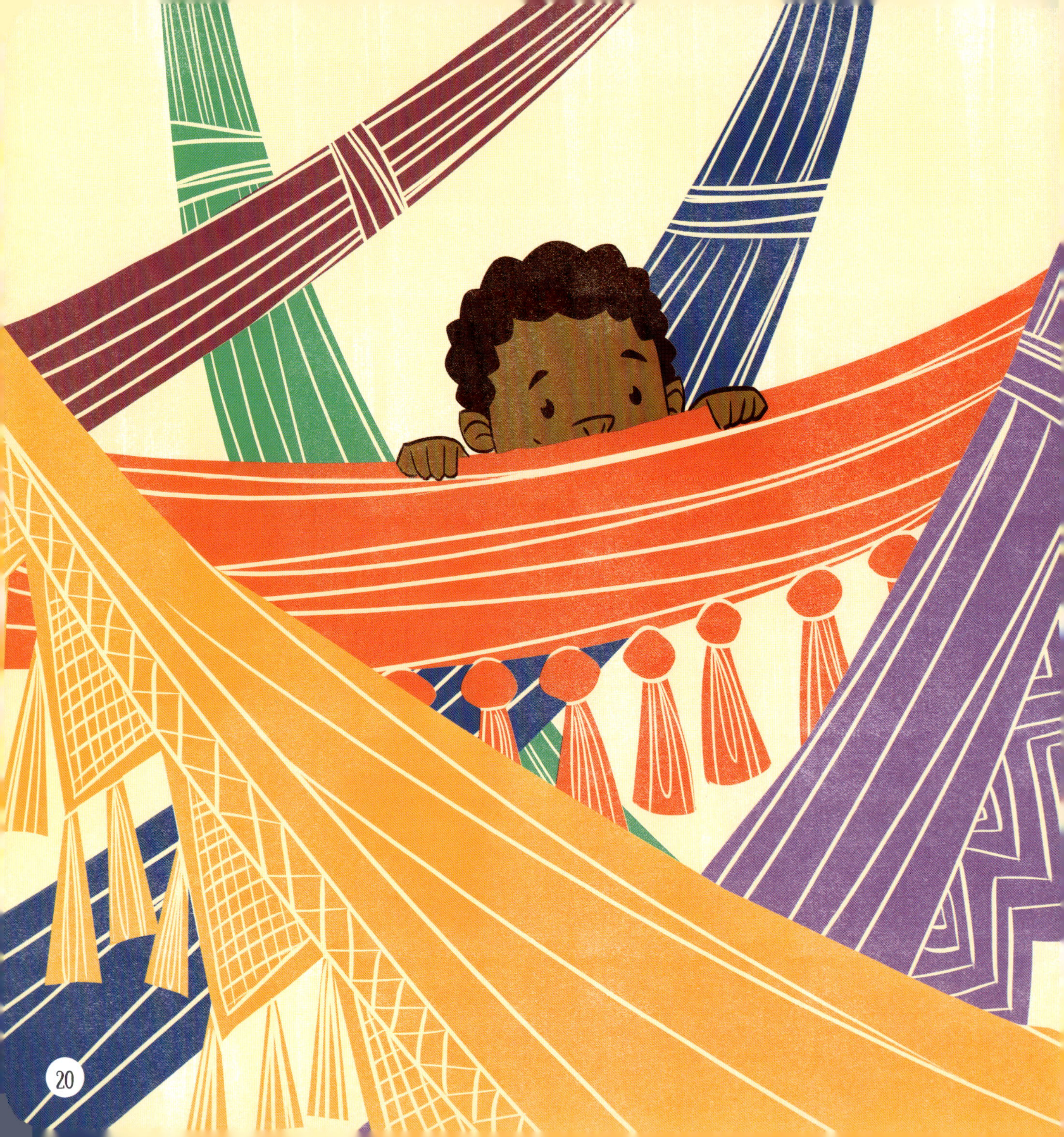

NO BALANÇO DA REDE

INDO E VINDO, RELAXAVA.
DAVA UMA PREGUICINHA,
UMA MOLEZINHA,
UM SONINHO BOM.

PRA LÁ E PRA CÁ...

USAVA PRA TUDO:
COMER, BRINCAR,
SE ESCONDER,
DESCANSAR.

PRA LÁ E PRA CÁ...

MUITAS CORES,
MUITAS LINHAS,
TRAMAS FEITAS À MÃO
E COM O CORAÇÃO.

PRA LÁ E PRA CÁ...

CHEIA DE REMENDO,
ME TRAZIA ACALENTO.
É SAUDADE QUE NÃO ESQUEÇO
DO ABRAÇAR DA MINHA REDE.

PRA LÁ E PRA CÁ...

MANGUEZÁ

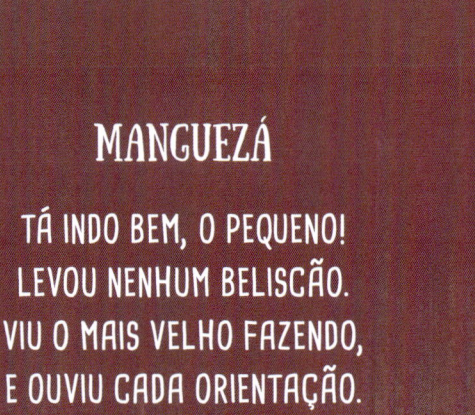

TÁ INDO BEM, O PEQUENO!
LEVOU NENHUM BELISCÃO.
VIU O MAIS VELHO FAZENDO,
E OUVIU CADA ORIENTAÇÃO.

COM OS PEZINHOS NA LAMA,
NÃO TINHA MEDO NENHUM,
CHEIO DE CORAGEM,
LOGO COLOCOU SUA MÃO.
DO LAMAÇAL DO MANGUEZÁ
SEU PRIMEIRO CARANGUEJO RETIROU COM ANIMAÇÃO.

FOI LINDO AQUELE MOMENTO
ERA A MÃE NATUREZA TRAZENDO O ALIMENTO.
SEU REINO ERA BEM LÁ,
NAS ÁGUAS DO MANGUEZÁ...

23

Alberto Rodrigues é maranhense e pai dedicado da Sarah e da Mariah. Ele atua como produtor, diretor de criação, músico, comunicólogo, palestrante, colunista, ativista, idealizador de projetos socioculturais e autor. Alberto se dedica, sobretudo, a unir arte e diversidade racial em todos os seus trabalhos. Como reconhecimento dessa dedicação, recebeu diversos prêmios. Em *Da terra*, o autor volta a ser criança e compartilha versos afetivos que celebram o Maranhão e suas belezas naturais.

Leonardo Malavazzi nasceu em São Paulo, é formado em Marketing e trabalha há muitos anos como ilustrador de livros infantis e juvenis. Seu amor pela arte surgiu na infância. Ele adorava criar personagens e admirar a sua mãe enquanto ela pintava quadros. Hoje, seja com aquarela ou arte digital, ele busca levar a cada desenho algo único que faça o leitor entrar em um mundo mágico. Em *Da terra*, Leonardo registrou, de forma lúdica e com cores vibrantes, os encantos do Maranhão.